새로운
발견의
날개

새로운 발견의 날개

초판 1쇄 인쇄일 2014년 01월 17일
초판 1쇄 발행일 2014년 01월 20일

글 김종숙
펴낸이 양옥매
디자인 신지현

펴낸곳 도서출판 책과나무
출판등록 제2012-000376
주소 서울특별시 마포구 월드컵북로 44길 37 천지빌딩 3층
대표전화 02.372.1537 팩스 02.372.1538
이메일 booknamu2007@naver.com
홈페이지 www.booknamu.com
ISBN 978-89-98528-95-9(03800)

이 도서의 국립중앙도서관 출판시도서목록(CIP)은 서지정보유통지원 시스템
홈페이지(http://seoji.nl.go.kr)와 국가자료공동목록시스템
(http://www.nl.go.kr/kolisnet)에서 이용하실 수 있습니다.
(CIP제어번호 : CIP2014001684)

새로운 발견의 날개

김종숙 시집

책과나무

처음부터 시를 쓰겠다고 정서적 동기가 되어 시작한 것은 아닙니다. 고달팠던 삶 속에서 탈출구는 오로지 글로 표현해 담는 것이 위로였고 해소였습니다. 아름다운 언어재주를 부리지 않고 진솔하게 희로애락을 그대로 표출한 것은 내 삶의 색깔이고 삶의 증표로 자서전적 기록을 담은 시가 되었습니다. 그런 탈출구가 없었다면 내 정신이 얼마나 삭막하고 외로웠을까 뒤돌아봅니다.

내가 걸어온 발자취가 서려있는 부끄러운 시를 세상에 알리고 싶지 않아 오랫동안 망설이고 미루어오다가 아들들의 권유와 내 삶의 흔적을 그대로 쓰레기로 버린다는 것이 아쉬워 책을 엮게 되었습니다. 언제나 사랑으로 감싸주신 하느님 은혜에 눈물로 감사를 드립니다.

문학에 입문하여 처음 지도해 주셨던 교수님과 문학의 이론과 형상화 등등 많은 가르침을 주신 대학교 문예창작과 교수님들께 감사를 드립니다. 그리

고 나를 오늘의 승자로 꽃을 피울 수 있도록 울타리
가 되어주고 안정을 준 두 아들에게 고마움을 전하
고, 두 며느리와 재롱둥이 두 손자 손녀에게도 고마
움과 진실한 사랑을 전합니다.
　앞으로는 아픔의 시가 아닌 아름다운 시를 쓰고
싶습니다.

2014년 김종숙

| 목차 |

2부 내 삶의 흔적

3부 하느님 앞에

4부 어머니 숨결

1부

내가 바라보는 세상

삶

헛발 딛지 않으려
다지고 움켜쥐며
한 뜸씩 한 뜸씩
고무줄 같은
자벌레가 기어간다

거칠게 달구어진 세상에
제 이름 깔아놓으며
작열하는 열기를
땀방울로 씻어내며

허공을 밟아
제 길 내려고
한 뜸씩 한 뜸씩
고무줄 같은
자벌레가 기어간다

새로운 발견의 날개

매미

네가 왜
노래만 부르는지 알겠다

너는 욕심이 없어서
죽어도 행복하다며
노래만 부른다

어디론가 날아가도
빈집은 많다
떠날 때 팔지 않으니
누가 또 오겠지

그런 꿈같은 세상을
만들 수 있다면
아마 그건 천국이겠지

장마

해가 출타 중이다
오골계 삶은 궂은
찌푸린 얼굴로
온 하늘 차지하고
갈 곳 없다는 듯
끈질기게 한 달 넘게
향기 없는 눈물 찔끔거리며
자리 펴고 길게 누웠다

지붕 없는 이동식 리어카
무정한 장마에 발 동동 구르다
구들장 지고 뒤척이며
빗물 온종일 가슴에 채워놓고

천 갈래 만 갈래
한숨 퍼붓는 눈물비
빈 호주머니 속으로 타고 내린다

낙엽 되는 과정

가는 길이 평면이 아니다
꼬불꼬불하고
쉼표가 없어 숨이 차야하고
바람처럼 지나가는 가벼운 것 아니어서
촛불처럼 뜨겁게 녹아내려야 하는 거
탱탱한 살집이 마른 장작처럼
거칠게 야위어야 하는 거지

나그네끼리 서로 엮어지지 않아도
말랑말랑하게 꿰맞춰야 하고
희락과 환멸이 넘나드는
무방비한 집에 휘청거리다
바람 빠진 애드벌룬이 되는 거지

희로애락 소설 한 권이 페이지마다
다른 언어와 색깔로 엮어지는 과정이야

독거미

허공도 길이 있다. 거미는 자유의 길목 막아 허공에
덫을 놓고 날아가는 연약한 생명, 산채로 돌돌 말아
먹이를 비축하는 기교한 재주를 가졌다.

질펀한 땅에 사는 독거미는 따뜻한 피가 흐르지 않
는다. 말랑말랑한 마음도 없이 딱딱한 가슴만 있
다. 황금 창고를 짓고 보물이 넘쳐나면 검은 속살에
고운 옷 차려 입고 꽃인 양 향기도 피울 줄 아는 뛰
어난 검은 두뇌를 가졌다.

번번이 주권 바뀔 때마다 찐득한 거미줄 조여들면
독거미는 소라껍질 속에 단단히 숨고 빙산의 일각
만 산 넘고 바다 건너 천둥소리 요란하다.

그러나 그것도 잠시뿐 요령껏 피하고 나면 다시 더
화려한 창고 짓기에 바쁘다 등짐 휘이고 초라한 양
심이 수정같이 맑은 빈민들이 있다.

풍요로운 가을이 와도 버러지 먹은 쭉정이 빈 콩깍
지만 나달나달 숨만 차오르는 허기진 신음소리 애
처롭게 들린다.

　　　　　　　　새로운 발견의 날개

독거미는 이목구비가 없어 보지도 듣지도 못한다.

거미야! 너는 무엇에 잡히는 먹잇감이지?

너는 독거미들의 황금 은닉 명 재주 알고 있니?

내가 바라보는 세상

번뜩이며 다가오는 팽팽한 것들 보다
가장 연약한 반짝이는 작은 일렁임이
뜨거운 숨결로 포자를 날리고
서로 다른 것들이 조화를 이룰 때
놀라운 이변을 일으킨다

서로 어우러진 잔잔한 숨결
제 무게만큼만 아름다워져
다정한 체취로 물들고

가슴 활짝 열어
사랑 환기할 때
작은 눈빛 안겨오고보듬는 순간 따뜻한 지층을

새로운 발견의 날개

이루어

빛과 주춧돌이 되는 것이다

햇살 가득한 평화로운 세상은

작은 화음이 지평을 넓히고

잔물결 지는 잔잔한 향기로

어둠의 공간을 채우는 것이다

신문

숨차게 달려온 활자는
펄떡펄떡 뛰는 싱싱한 숭어다

비린내 나는 핏자국 난자하고
환부가 터질 듯 조마조마하고
백지 된 검은 그림자 음흉하고
오물 이리저리 뿌려 냄새 풍기고
꼬리 감춘 것이 오리무중이다

앞자리 차고앉은 큼직한 활자
금딱지들의 멱살 부림이나
천재지변 같은자리 재발
어디 한두 번인가
너도나도 씁쓸한 심기로
눈이 피곤하다 보면

더러는
새콤달콤한 자두 맛도 곁들인다
모르는 사이 미소가 나오니
그래도 살만한 세상이다

세상안부 바삐 전하고 나면
빛 잃은 죽은 전사들이 되어
뒤안길에 매장된다

돌계단

수없는 쇠 굽에 찍히고 깨물리는
눈물 고인 고통의 연속이다
벌떡 일어나
구덩이에 몰아넣고 싶은 충동
부글부글 끓어오를 것이다

모래 밥에 찹쌀처럼 섞인
향기로 번져오는 단맛도 있다
미니 아가씨들 아랫도리
끌어안는 음침한 연민으로
뜨겁게 달아오르는 열기
입 벌린 채
슬그머니 분노를 가라앉힌다

일없이 오르내리는
비틀거리는 고뇌의 실직자
안 쓰러 몸 받쳐 밀어주며

피멍든 하루가 저물어간다

자정이 넘어서야
어깨 펴고 다리 쭉 뻗어보는
소외된 저 늙은 계단
상처가 밤새도록 욱신거려
함성이 천장을 뚫고
하늘로 두 손 모은다

두 장애인

전철 역 광장
가끔 보이는
짐승도 아닌 검은 물체가
거북이처럼 바닥을 기고 있다

사족을 잃고
장기만 살가죽으로 감싸 안고
오고 가는 수많은 인파 속
앞가슴 세미한 힘에 밀려
입 벌린 동냥 바구니가
텅 빈 채 앞장서고
잘린 빈 다리 고무장화가
질질 끌며 뒤따르고 있다
바닥 위는 보지 못한다
태양의 그림자도 거절당한 사람
애절한 절규가 신음으로 메아리친다

새로운 발견의 날개

온전한 육신 축복인 줄 모르고
성형수술로 얼굴 깎아 내고 덧붙인
정신적 장애인이
육체적 장애인 옆을
가랑잎 같은 메마른 마음으로
매정히 스치고 지나간다

인생은 요리하는 것

시금치 버섯 쑥갓 미나리 등
모든 야채는 따로따로면
밋밋하고 맛이 없다
소금이야 기름이야 깨소금
모두 불러 친하게 어울려야
빛깔 모양새 구수한 냄새로
감칠맛 나는 요리 된다

인생도 요리하는 것이다

모지락스럽지 않게 겸허하게
신뢰와 사랑으로 융숭 깊게
반죽을 잘하는 달인이 되어야
인생의 아름다운 꽃 피운다
인생이 영롱하게 빛나는 것이다

새로운 발견의 날개

역사책

케케 쌓인 사연 지루한 공간에서
빛이 그리워 이야기 꿈틀댄다
갈피 속에 억압되어 있어도
마른 숨 휘-내쉴 환생을 기다린다

억울하게 피 흘린 한 맺힌 영혼들은
숨은 사연 토해내고 싶어
어느 손길 애절히 기다리고
간악한 역적의 음모 검은 언어들은
영원히 숨고 싶어 숨을 죽인다

바깥구경 호흡하고 싶은
저 정직한 언어들
수백 년 피고 진 이야기
역사의 파노라마다

신도림역 1 · 2호선 풍경

1호선, 2호선 서민들의 발은 생지옥이다. 죄인들의 수송열차 같다. 이른 시각 지하철 안은 짐짝처럼 차곡차곡 실려 밀리거나 넘어질 필요도 없다.

요지경속에 눈동자만 살아 바삐 움직이는 진기한 풍경이다. 자리에 앉은 풋 열매들은 앞에선 노인 의식해 눈감은 장님들이다. 그저 그것이 상책인 모양이다. 겹겹이 견고한 구속의 연결고리 음침한 것이 거머리처럼 밀착해 와도 뒤돌아 볼 수 없다. 그 와중에 연인들은 태연스럽게 제집 안방인 줄 아는지 사랑 놀음하면서 옆 사람 시선은 아랑곳하지 않는다. 아주 뻔뻔하지만 보는 사람들도 만성병에 걸려 예사롭다.

모두가 눈을 깜박이며 까닭 없이 앞사람 뒤통수만 뒤집고 제 뒤 머리통 파헤쳐지는 줄은 모른다. 숨통 막힌 혼들이 모두 빠져나와 천장에 둥둥 떠서 왁자지껄 반란을 한다. 통통 튀는 칼날이 선 말, 이죽대는 말, 유식한 체 교만 떠는 말, 천사 같은 말 제각기 긴 꼬리를 늘어뜨리고 헤집고 다니지만 형체가 없으니 몸싸움할 일도 없다 능구렁이 몸뚱이는 옆구리에 여러 개의 항문이 있다.

배가 터질 듯 팽창하면 멈추어 배설을 하고 다시 게걸스레 배를 채우고 큰 트림을 하고 괴이한 소리를 질러대며 구불구불 사라진다. 저 큰 능구렁이의 밥이 되어보지 못한 사람들은 문명 시대를 살아보지 못한 배고팠던 옛 조상들이다. 그때가 자연과 함께 걸으며 정과 평화가 넘치는 때 묻지 않은 천국이 아니었을까

발자취

인적 없는 푸르른 산
나지막한 자락마다
듬성듬성 벌레 먹은 배추 잎처럼
막차에서 내린 망자들 쉼터
천년만년 잠만 자는
해가 뜨지 않는 마을이다

그곳에도 빈부가 있다
넓은 앞마당에 푸른 잔디 깔고
담장에 둘러선 다듬어진 정원수
대리석 문패 달고
큰 호령소리 산자락 울린다

후미진 응달에는
잡초 덮인 초라한 움막집
앞마당도 문패도 없이
추웠던 생의 흔적 따라와

새로운 발견의 날개

초라한 신음소리 들린다

흙으로 돌아가는
저승길에도
특등실 열차가 달리고 있을까?

음지

새바람 불어와 주인 바뀌고
소낙비 주룩주룩 내려
더럽혀진 대지를 씻어내고 있다

번갯불에
환히 들켜버린 음지
지면(紙面)에 오르내리고
세상 분노 거센 물결이다

지붕만 말갛게 씻고
비가 그치고 조용해졌다
잠시 주춤했다가
다시 슬금슬금

그때 뿐인 소란(騷亂)
그때 뿐인 기사(記事)거리

새로운 발견의 날개

산 속 움막집

갈무리할 갈대 서걱거려도
화려한 궁전의 꿈
백 년도 놓기 싫어 부둥켜안고
해가 다 꺼져가는 줄 모르고
모래성 쌓기
이글이글 욕망을 구웠다

해 잃은 검은 세상
부엉새 울음소리 적막을 깨는
인적 없이 스산한 산속에
움막 짓고 박제되어 누웠네

망자들의 울부짖음이
산속 마을에 메아리친다

헛된 욕망

더 높이 더 넓게
날개를 퍼덕이다
기진하여 추락하는
욕망의 불꽃이여

깊고 깊은 물 속은
왜 그리
숨차게 가르고 달려가
허우적이다 질식하는가

무한한
저 드높은 창공
무수한 천체
길어도 길어도
마르지 않는 바닷물

영원한 우주의 신비여

그대는
채울 수 없는 작고 여린 그릇
푸른 잎사귀 위에 떨어진
아침이슬 한 방울
잠시 쉬었다
흔적 없이 사라질 것을

말단직

햇살이 비치지 않는 응달에서
온종일 기진하여도 또 기다리는 것은
남아 있는 진을 빼는 길이다
밝은 형광등 밑이 길어지자
가뭄 속에 시들어가는 나뭇잎처럼
생기 잃은 초췌한 모습이 되었다

가족들이 둘러앉은 저녁 식탁에
이름만 앉아 있는 텅 빈 자리
공복을 일삼는 앙상한 그림자

자신을 불사른 진액이 아니면
지킬 수 없는 자리 볼품없어지는 자리다
파는 우물에 물줄기는 보이지 않고
간기에 야위어가는 콩나물 같은 가장이다

새로운 발견의 날개

그러나
수문이 열리면 갇혔던 물이
덩실덩실 춤추며 달려갈 것이라고
희미한 한 줌의 햇살에
걸어보는 반짝임이다

지친 심장을 쓸어안고
아직은 풋내 나는 과일이라고
스스로 달래보는 이슥한 밤
높은 계단 올려다보며
힘겹게 오르는 말단직이다

활자

살아 움직이는 활자

시인들 손끝에서 한없이 아름다운 옷을 입고
지성 넘치는 예술가의 보록(譜錄)이며
서로 같이 만나 손잡고 잘 어우러지는 것
바느질이 서툴 때는 느긋하게 옷을 고쳐
감성의 황홀한 예복으로 환생 시키고
곱게 앉아 연인을 기다리는 가슴 설렘이다

소설가 손끝에서
울리고 웃기고 변신하며
화려하게 빛을 내는 무대 주인공이다
하얀 종이배에 태워 주면
어디라도 자랑스럽게 활보하는
애마 같은 충실한 일꾼이다
추수하여 곳간을 채워주는
의리 있는 공신이 되기도 한다

제 이름 당당히 단 신문
새벽잠 설치는 새 소식
구석구석 누비고
어둠을 하얗게 밝혀가는
번뜩이는 날쌘 역마가 뛴다

그 어머니는 용맹한 투사였다

3등 열차 흙 때 묻은 구지레한 보따리 하나 보듬어
안고 엉거주춤 앉아 있는 순박한 어머니 논 열매 밭
열매 나무열매 자루 가득 야무지게 눌러 넣고 칡넝
쿨 말린 끈으로 꽁꽁 묶은 무딘 솜씨 무릎위에 꼭
움켜쥐고 앉아 두리번두리번 누가 빼앗기라도 할
듯 많은 사람이 두렵기도 한 듯 불안해 보인다.
주위 검색 다 마치고 숨 한번 크게 내 쉬더니 바빠
진다 콩밭으로 갔다 아들집도 갔다 보따리 지키랴
온통 헝클어진 파마 곱슬머리 속이 복잡하다. 눈 가
는 곳도 막을 소냐 앞자리 책보는 희멀건 젊은이 오
매! 잘두 생겼구먼 선생님인거 벼 아녀 우리 아들만
못혀 내 아들은 돈 많은 은행 권총 찬 순사여!
돈이 최고랑께 아무나 권총 차구 다니는 거 아녀 내
가 기죽을 것 없쟈.
나두 이래봐두 잘난 아들 있당께. 은행 청원경찰의
장한 어머니가 목에 힘을 준다. 젊은 선상님 찐 달
걀 하나 먹어유. 인심도 좋은 어머니 곱던 손은

숱한 새싹 키워 낟알 내느라 소라껍질처럼 거칠다.
가시덤플 파헤쳐 넓혀나간 토지 높은 산 일구어 가
난 이겨낸 손 구멍 난 자식양말 밤새워 사랑으로 땜
질하고 솥단지 긁어 자식 배 채우느라 배곯았던 어
머니. 일구월심 자식위해 투쟁한 장한 어머니. 용
맹한 투사 뛰는 들짐승 잡아 자식 밥상에 못 올리랴
자식위해 저승도 마다 안할 장한 불굴의 어머니. 영
감 소여물이나 준겨 도야지 밥은 준겨? 창밖으로 고
개 돌리니 쏟아지는 햇살이 고맙다.

고추랑 깨랑 영락없이 잘 익겠구먼. 마음은 벌써 아
들딸에게 보내 줄 몫을 나누고 있다. 밭 한 뙈기는
맸을 텐디 한 고랑두 뭇매서 워쩐댜 마음은 시골 집
에 가 있다. 젊은이 시방 여기 워디랴? 아이구 벌
써 다 왔구먼. 황급히 보따리 껴안고 내려서 역 대
합실에 자리를 잡는다. 이제 난 몰러 애비야 나 데
려가랑께 어매! 눈 빠지겠네 나 바쁜디 말여!

종합병원

종합병원에 갔다
웅성거리는 인파
마치 재래시장과 흡사하다

유별 아프게 시선이 간
생기 잃은 창백한 노인
개미 집단에 끌려가는
뒤트는 가엾은 지렁이 같고
거미줄에 걸려든 잠자리 같다

해지는 곳인 줄 모르고
숨 가삐 달렸을 노인 불시에
세균 집단에 침범당하고

생의 갈림길에서
하얀 가운에 매달린
저 절규 병원에 가득하다

새로운 발견의 날개

문명의 치아

조상들 숨결 깃든 연민의 맷돌
가차 없이 밀어내고
날씬한 미모 문명의 치아로 바꾸어버린
약삭빠른 신식이란 그 이름
여인들 따뜻한 손길에 사랑받으며
식성 좋아 오렌지 당근 사과 등 골고루
게걸스레 신속히 먹어치운다

도살장에 빠진 것들끼리 공포에 떨며
서로 껴안고 고통으로 울부짖으며
더 잘게 더 깊이 빨려 들어간다
제 얼굴도 제 성질도 다 잃어버린 채
따로 움켜쥐지 않는 한 몸 되어
새로운 이름으로 태어난다

사랑받는 신세대 음료

아내의 생일

햇살이 지쳐 헐레벌떡 노을 비탈을 넘어가고 허기진 어둠이 달려들어 모두를 집어 삼켰다.

야생들의 혓바닥이 널름거리며 기세를 부리는 밤 팔팔했던 혈기가 낭창낭창해지는 저녁 학의 긴 목처럼 늘어뜨리고 마음마저 헐벗은 구직에 지친 가장이 장미 한 송이 사 들고 비틀거리며 둥지 속으로 들어온다.

올망졸망 어린 것들을 맨손으로 달래고 곱던 얼굴에 기미 밭이 된 아내의 수심 찬 얼굴을 본다. 아내의 손을 잡고 미안해! 정말 미안해 기죽은 남편의 야윈 얼굴을 보는 아내는 장미 한 송이 받아들고 환하게 빛나며 행복한 미소로 답한다.

마음과 눈빛으로 보듬어주는 아내는 재산보다 명예보다 소중하여 배가 부르다. 몇십 억 몇백 억은 별천지 사람들에게 한판의 놀음거리지만 전셋집도 욕심낸 적 없다.

쪽배에 처자식 달랑 태우고 노 저을 힘이 없어 침몰

직전이다. 선인장 가시처럼 세상은 냉혹하다. 다부
졌던 욕망의 불꽃이 길 잃고 떠다니는 지 오래다.
포기할 수 없어 다시 끌어안고 가장이란 이름에 단
단히 묶어 맨다. 보석같이 빛날 그날을 꿈꾸며 뜨겁
게 아내의 손을 꼭 잡는다.

뼈의 옷

세월에 갉아 먹힌 야윈 초라한 모습
바깥 풍파 고스란히 받아 안는 연약한 것이
억센 것 보필하며 지켜온 연민이다

태어나던 봄날에는 서로
당당히 유연한 관계였다
세월에 깎이며 달라진 신분
대대손손 억센 것에 구속된 것을
거부한 적 없는 전대미문의 운명
세상과 맞서 앞장선 투구가 되었다

긴긴 날 거칠고 생기 잃어도
억센 것이 밖으로 나와 체면 잃을라
감싸고 보듬어가며 무한한 헌신이었다
제 것 아까운 줄 모르는 쭈글쭈글한
참으로 가여운 바람맞이 옷이다
녹슬어가는 억센 것은 뻔뻔하다

따뜻한 체온 속에서도 관절이 구시렁거린다

이름 석 자 비석에 붙이고
땅속에 묻혀도 뒤에 숨어
살가죽 앞세워 전사시키고
제 뼈만 오래오래 홀로 남을
질기고 모진
정 없는 뻣뻣한 존재다

고아의 역전

네 이름은 추운 외톨이
낭떠러지 바위산에 떨어진
메마른 풀씨
바위 틈새 비집고 뿌리내리려
질긴 숨결 몰아 쉬었구나

단비가 내려
사랑의 정원에 모종 되고
따뜻한 가슴에 안겼으니
사랑스런 꽃이 되었구나

탄탄한 꿈 열매
소담지게 곱게 피워라
활짝 빛을 내거라

새로운 발견의 날개

인생

인생은 펄펄 끓는 용광로 열기이다
인생은 풍선처럼 부푼 욕망이다
인생은 낭떠러지로 떨어지는 절망이다
인생은 마음 뜨겁게 즐기는 한판 놀음이다

마지막까지 다 끌어안고 볶아대도
미완성인 것이 인생이다

농부의 보람

새파랗던 시절 부풀었던 꿈
영글지 못한 채 굳어버리고
벌컥벌컥 세월만 들이마시다
마른버짐 돋아나는 볶아댄 일상이
희끗희끗 서릿발 내리고 있다
오로지 가족위해 바친 희생이다

허리 펴고 누워 보고픈 열망
가슴 골고루 깔아놓고
끙끙대며 한 움큼씩 잡초를 뽑는다

마당 끝 정자나무에 걸려 있는
숱한 세월이 환하게 웃음 건네면
자식에게 보내진 그 흐뭇한
땀방울 알갱이를 떠올리며
다시 힘이 솟아 움켜쥐는 일손

굽은 허리 아픈 다리
그런 고통쯤이야
사랑과 바꾸랴
끝나지 않는 십자가의 사랑이다

가을바람

쉬쉬 휘파람 불며
옥수수밭 이랑길로
다시 찾아 온 임

수줍어 살랑살랑 흔들 때
내숭인 줄 설마 알았을까

야속히
훌훌 떠난다 해도
애틋한 연정으로
쓸쓸한 빈 하늘가에
푸르른 옷자락 받쳐 들고
수액 말라 서걱 여도
가냘픈 목 길게 빼고
허옇게 기다릴 순정

방랑길 머무는 자리마다
연인들 허리춤 매만지고
굽이굽이 돌아
다시 찾아오는 날
펄럭이는 다정한 옷깃
스쳐만 가도 좋으리

마네킹

우아하게 서서
시커먼 속눈썹 껌벅이며
쉽게 옆 눈 팔지 않는
지조 높은 그녀
유행을 앞서 가는 신세대
그녀 마음속에도 사랑이 움트고
살짝 웃는 미소 행복이 넘친다

낮에는 햇살 한 움큼 떠
얼굴에 뽀얗게 단장하고
밤이면 가로수에 달 걸어놓고
휘황찬란한 네온 손잡고
빙빙 돌아가면
무도회가 흥겨워
방싯방싯 웃는다

새로운 발견의 날개

어느 노인

연탄 한 장 꾀어들고
쇠잔한 몸
메마른 언덕길 구불구불
헐떡거리며 오른다

발길 끊어진 혈육
그리움 쌓이고 쌓여
시린 외로움
얼음산 되고

누울 날 근심 한 다발
더 보태 무겁게 지고
화력 꺼져가는
연탄불 노인
숨차게 언덕길 오른다

고 3

몇 번 재수 끝에
꽃봉오리 진딧물 덮치고
수렁에 빠져 향기를 잃었다
푸른 잎 떨군 수양버들 같이
집에 들어오는 시각은 자정이 넘는다

세상 탓일까
부모의 극성은 분명 고장 난 시계다
성적과 자식을 맞바꾸려는 듯
건강 잃어가는 것쯤은
소수점으로 보이는 것일까

고 3은 인생에서 가장 큰
혹독한 경기를 치루는
사회 병적산물
사교육의 희생양이다

욕심

받은 역량은
언제나 그대로인데
된장찌개처럼
부글부글 끓이는 화력
너무 졸이면 타는 것을

넘치면 불순물이지만
다시 끌어 모아
제 그릇에 담으려는
어둠 집착이 꼿꼿하다

깊은 수렁 나오지 못해
부글부글 계속 끓인다

담쟁이 넝쿨

죽은 듯이 벽을 끌어안고
곡예 하고 있는
담쟁이 넝쿨을 바라본다

실 같이 가는
말라버린 살가죽이
얼어 죽어버렸나
만져보지만 딱딱하게
생명은 숨 쉬지 않는다
신비스런 자연과
교감하지 못하는
무딤 때문이겠지

봄이 오면
실 같은 줄기에 다시 피가 돌고
모진 생명의 환생이 올 것이다

새로운 발견의 날개

버거운 삶 가혹한 엄동을
힘겹게 견디는 이들에게도
봄이 오고 단비가 내릴 것이라고
햇살 같은 마음으로
푸른 엽서를 보낸다

사라진 고향

수십 년 만에 고향에 갔다. 옛 모습 간 곳 없고 현대식 건물 들어서고 길도 없던 곳에 번듯한 모습으로 길이 트여 버스가 다닌다. 참 편리해졌구나 감회 깊게 바라본다. 다정다감했던 옛 어른들이 거의 하늘로 떠나고 낯 익은 혈손들이 마을을 떠나 서울로 가고 잔여 세대가 살고 있지만 영 낯설기만 하다.

생명을 그득 담았던 식물들이 아스팔트 단단한 땜질에 사색 되어 죽음을 거부하고 꿈틀거리며 가장자리를 비집고 쌕쌕거리며 기어 나온다. 산딸기 따먹으며 오르던 언덕길은 연시가 떨어져 뭉개지듯 납작이 깎여 억센 시멘트에 깔려 질펀히 죽어 있다. 평화롭던 그리운 고향이 개발이란 회칼에 허옇게 회감으로 요리되어 보기 좋은 지적도를 만들었으나 생명을 잃어가고 있었다. 부모님 산소 앞에도 버스가 드나든다. 언젠가는 개발이란 회칼에 요리되어 산소가 파 헤쳐지고 삭막한 허공에 떠돌게 될지 애석한 마음 가득 품고 차를 돌렸다.

새로운 발견의 날개

2부

내 삶의 흔적

무게

세찬 물살에 깎이고 파이면
무거운 짐 덜어질까
저울로 달면
삶의 무게 나올까

코뚜레로 멍에 씌우고
진구렁으로 끌고 다닌 덫
차고 넘쳐 무거울까
빈 쭉정이라 가벼울까

온몸으로 안고지고 온 짐
돌아보면 무게 없는
앞산 큰 그림으로 남아있네

웅덩이 물

웅덩이에 갇혔던 길 잃은 물
허우적이며 기진할 때
소낙비 내려 흙탕물 넘쳐나니
탈출할 수 있었구나
냇물에 섞여 잘잘 흘러가다
장애물 만나니
혼신 다해 비틀어 돌아가는
인내도 있었구나

거센 파도가 긴 세월 삼키고
넓은 강 넓은 바다에 흘러들어
궂은 물이 맑개지는 비상도
물다운 단물이 되는 환생도 있었구나

비애의 파노라마
한 편의 장편소설을 쓰는 거였구나

새로운 발견의 날개

여기저기 기웃거리는
눈동자는 머리와 한통속이다
목도 힘을 주고
걸음도 보조를 맞추고

날 밤 새며
숫자를 튀기고 머리와
협상하지만 번번이
허공만 짚고
나락으로 떨어진다

썰물에 쓸려나간
불어터진 지난 쓴맛은
계산에서 빼버리고
다시 짜낸 주판알이
드디어 빛을 보았다

새로운 발견의 날개

힘껏 하늘로 솟아오른다

환상

순풍에 띄워진
호화스런 유람선
아기자기 봄 씨앗 가득 싣고
황홀한 출항이었네

꿈에서 깨어보니
풍랑에 찢기인 닻
외로이 떠내려가는
뒤뚱이는 초라한 쪽배

바다의 그리움은
봄날의 환상뿐이었네

효심

하루하루 노고 쌓여
날개 달고 둥지 찾아
나달나달한 통장에
황금 글씨로 꽃 수 놓는다

혼신으로 판 옹달샘에
단물이 솟아
아름다운 사랑의 꽃 비로
정겹게 천륜의 뜨락에
촉촉이 내린다

저무는 해
산등성 넘어
사라질 때까지
통장에 꽃 수는
쉬지 않고 놓으리

나는 설익은 시인

꽃들의 마음도 알지 못하면서
밤하늘의 별들 눈빛을 보았는가
새들의 노래 작곡도 못 하면서
사운 대는 갈대숲 속삭이는 소리
나뭇잎 서로 부비며 흐드러진 웃음소리
그 이유를 알아듣기나 했나
졸졸 도란대는 시냇물
어디로 가는지 물어나 보았는지
외로운 실눈 같은 달
눈물 떨구는 것도 보지 못하고
잔디를 밟으며
자지러진 신음소리 듣지 못했지

겉자락만 붙들고 어설픈 하모니
살금살금 음치가 노래했다

심상에 화려한 꽃밭 꾸미고

자연의 숨소리 들릴 때까지

바람의 고향 찾아가는 중이다

묘목

가지 뻗은 울창한 큰 나무를
아직도 묘목으로 아는
가을 숲 고목나무

정 가득한 정원에서
두 그루 떼어 묘목 해 놓으니
생의 아름다운 결실이었다

조석 통신 문안에
주말마다 미소 마주하면서도
시도 때도 없이
허전한 마음 빈자리 채우고

주야장천 촛불 밝혀
습도가 알맞은지
영양분이 충분한지
튼튼히 뿌리 잡고

잔가지 소담지게 뻗어주기를

애절한 소망 두 손 모은다

사랑 짙은 가을 숲 고목나무

비움

눈부신 보물 상자
잡으려 바둥거리다
꿈 깨면
허공으로 날아가 버렸네

아!
이제야 찾았네
내 마음속 보물 상자
열어보니
'비움'이라 쓴 두 글자

하늘을 날아도 가벼울
천 리를 가도 무겁지 않을
나비 날개 같은 가뿐함이여

새로운 발견의 날개

문을 열어놓아도

도둑맞지 않을

찬란하고 값진 보물 상자

내 마음속에 들어 있었네

허공에 꽃피운 남자

햇살 같은 처자
어둠속에 묶어 놓고
슬며시 빠져나간 물살

빗나간 층계 쌓아올리며
아낌없는 탕진에
어둠 꽃이 황홀한 남자

낡아진 날개 참담하게 꺾여
쓸개즙 같은 쓴잔 들이키고

그렇게 자신을 파괴 시키고
하늘길 상여 탄 남자

냇물은 말한다

모두가 지나가는 것
뒤돌아보지 말라고
잔잔히 흘러가다가
걸림돌이 길을 막거든
겸손히
비켜서 흘러가라고

폭풍이 치면
납작 엎드려 피하라고
모두를 내려놓아야
먼 길가는 발걸음 가볍다고

흘러가는 냇물이 손 흔들며
향기 한 줌 뿌리고 가네

인고의 돌

민물 짠물
넘나드는 길목
아무도 눈여겨보지 않는
작은 모서리 돌 하나

거센 물결 차가운 물결
밟고 넘어갑니다

낮게 수면에 엎디어
물살에 깎이는 상처
퍼런 이끼 되고
그늘 지우느라
그렇게 단단해지나 봅니다

시린 얼음 녹아내리고
따스한 봄 연록이 피면
해맑은 날
보석처럼 빛날
그날을 기다리며

절벽을 넘어

천둥소리 번쩍일 때 설맞은 목숨이려니
징검다리 놓으며 건너던 백야의 곧은 심지
굴속 같은 검은 밤 독비늘이 덕지덕지 달라붙고
돋아나는 가시가 늑골 속으로 파고들어
사나운 독성이 뿌리를 내렸다
햇살이 사막 언덕으로 질식해 박히고
숨차 오른 고도의 절벽은 냉엄했다

사막의 신기루가 단물 향내 풀어놓고
폐수가 흘러가는 긴 세월이 멎었다
액자 속에 황폐한 그림으로 갇혀버린 것은
분명 죽은 자의 환생을 위해서였다

어느새 울타리로 둘러싸 바람막이 된 혈손
훼손된 삶의 상처 새살 돋아 뿌리 내렸다

통통 튀는 어깨들과 나란히

강의실 한 자리 차지하고 앉아

감성의 소중한 시어

햇살 깃든 작은 포대에 주워담으며

이랑마다 색색이 꽃 피우려

녹슨 머리 나긋나긋 통풍시키는 봄바람

분명 죽은 자의 축복된 환생이었다

끝난 임무

손바닥 안에 놓이던
앙증맞은 예쁜 신

가쁜 숨 꿈에서 깨보니
현관에 나룻배 되어
가지런히 놓였다

닳아진 내 신은
신발장 안에서
느슨한 안식을 취한다

새로 놓인 꽃신에
라일락 향기 가득하고

살가운 꽃 바람이
안쓰러워
얼룩진 땀 닦아준다

　　　　　　　새로운 발견의 날개

소생초

맑은 하늘은 그대로인데
비구름 쌘 비구름 먹장구름
사납게 넘나들었지요

엄동지난 소생초
싱그런 연둣빛 들판에
새 뿌리 내리고
풀잎향기 넘쳐흐릅니다

패랭이꽃 새록새록
예쁘게 피어나는
잔잔한 숨결 들립니다

지난날은 꿈같은 검은 그림자
오늘이 있어 행복합니다
내일이 있다면 더욱 행복합니다

지각인생

철 잃고
꽃 피우려는
목마른 겨울장미
숨차게 달려도
너무 멀어진 좁은 길

그래도 도달하리라
오뚝이처럼 지칠 줄 모르는
지각인생

높은 언덕 넘어서면
저쪽에 양지 있고
아름다운 정원
지평(地平) 있다고

밤을 대낮처럼 지새우며
맛있게 리포트를 쓰는
다부진 지각인생

이유 때문에

새파랗던 그때부터
시퍼렇게 멍든 채 빛 잃었네
폭우가 번갯불 앞세워
주야장천 퍼붓는데
몸 피할 곳 없었네
살얼음이 깨어지니
강을 건널 수 없었네

폭포수 같은 눈물
가슴바다에 모아 담고
여린 햇순 끌어안고
처절한 절규 하늘로 올랐네

저 불가마를 지나야 해
등대처럼 밝혀
위성처럼 솟아오를
금빛 날개 달아주려

폭우가 멎으면
태양이 비추고
햇순이 무럭무럭
자라날 거야

용서

여린 마음속으로 아프게 스며든
검은 물보라
예리한 얼음조각 되어
아슬아슬 베이는 상처
피가 흘렀네
멀어만 가는 길목에서
가슴 보채 말갛게 지새운 밤
새벽별 기울 때 다진 결심

그래도 용서하리라
짓밟히는 잔디로 낮아지리라
예쁜 꽃 수 놓아 한 아름 보낸 선물
그대 매정한 그릇에 담기지 못하고
모두 쏟아져 물거품 되었지만

새로운 발견의 날개

그대를 용서한 마음이 보약 되어

삶의 파도에 平定이루고

따뜻한 온기 온몸 돌아

포근한 밤잠 이루었네

승전고

책상에 놓인
탁상 시계가
숨차게 끌고 달려
꽃길이 나왔으니
따뜻이 몸을 녹여라

햇살담은 예복입고 당당히
가슴에 힘을 주거라
튼튼한 날개 달았으니
늠름하게
훨훨 우주를 누비거라

가정사로 할퀴인
상처의 흔적일랑
넓은 허공에
깨끗이 날려버려라

이 어미 새가

승전고를 울려 주리라

응달 꽃

늘 뒤 쪽에 가리어져
빛 잃은 채 낮은 숨 쉬었지
더 볼품없이 작아져
아무도 탐하지 않으니
더 잃을 것도 없었다

비루한 영혼 울림이
출렁이는 파도를 타고
망망대해 방황을 해도

어머니라 불려지는
배부른 유산이 활력소 되어
불멸의 굳은 심지
하늘에 줄 하나 걸어놓고

얼음물 속에 담금질하며
햇살로 밀고 올라
응달 속에서도
고운 꽃 활짝 피웠다

인내의 꽃

쓰디쓴 즙액이 단물 되어
순백의 꽃 비로 내리네요

풍랑 속에 담금질하더니
단단한 진주가 되었네요

험한 아슬아슬 한 낭떠러지
무릎 찢기며 기었더니
꽃길 낙원이 나왔네요

황폐한 들녘에
진한 거름되었더니
탐스런 열매
단단한 석류가 열렸네요

새로운 발견의 날개

산

베란다 유리창에 햇살 찾아와
살며시 잠 깨우는 이른 아침
저 멀리 산 아지랑이
눅눅한 너울 쓰고
초록빛 장엄한 거구(巨軀)
안 쓰런 눈빛
나를 바라본다

생의 흔적 기억 못 할
백 년도 찰나의 눈 맞춤이여

무한한 자연의 유구(悠久)
너는 지상의 영원한 밑그림
너는 지상의 영원한 눈동자

봄인 것을

외짝 맨발이 시려
선홍색 핏빛으로
옷깃을 적시던
빛 잃은 음지에

이제 태양이 떠오르고
연초록 대지에
피어나는 생명들
살갑고 듬직한 울타리
고운 병풍처럼 둘러싸고
민들레 풀씨보다 가벼워진 어깨
명주 이불처럼 포근한 단잠
이제 봄날인가 보다

다시는 돌아보지 말자
폭풍이 쓸어간 자리일랑

새로운 발견의 날개

둥지 뜰에 자란
울창한 두 그루 나무
사계절 곱게 피우는 꽃이면
향기가 넘치고 넘쳐 날 것을

비우고 가는 길

허망된 길목에서
파닥인 기진한 날개
이슬 같은 반짝임이었지

흘러가는 물이고 싶다
모난 길 돌아서 흐르고
느긋이 머물러
비온 뒤
흙탕물에 섞여
뒤져 흐르면 어떠리

심연의 구석구석 찌든 때
말끔히 지워 초롱불 밝히고
향내 은은한 심상
마음동산에 가득 채우리

새로운 발견의 날개

몽글지게 살찌울

영혼의 양식

그것이면 부귀인 것을

그녀 자신은 없었다

언제나 그녀 자신은 없다
식탁에 둘러앉은 가족
그들의 희망만 오르내리고
그녀는 그저
흐뭇하고 배가 부르다

지쳐도 아파도
누우면 안 되는
무쇠 된 그녀

촛불처럼
어둠 밝히려
불굴의 두 글자에 목숨 바친
대속 물 같은 그녀

언제나 그녀 자신은 없다

　　　　　　새로운 발견의 날개

3부

하느님 앞에

겉옷만 입고

말로만 믿습니다
사랑합니다

겉보기에 멀쩡한
속 찌든 죄인입니다

갈고 닦아도
자꾸만 때가 끼는
변화되지 못하는
제 모습입니다

세상을 다 덮어도 남을
하느님 넓으신 품으로
저의 죄를 덮어주시고
용기를 주소서

그리하시면
생기 잃지 않고
또 닦고 씻어
말갛게 되리이다

감시 카메라

세상에 가득한 빛
아무 빛깔도 자존성도
드러내지 않는 빛
그 빛 속을 아무도
벗어날 수 없습니다
당신 눈빛 앞에
발가벗겨
다 드러난 저희들입니다

인간이 만든 감시 카메라에
노출되는 것은 두려워하지만
무량세계를 다스리는 빛
마음까지 꿰뚫어 보시는
능력의 감시 카메라에
노출되어 있는 것은
두려워하지 않는
우둔한 저희들입니다

새로운 발견의 날개

삶에서 휘이고 굽이치며
밝은 날 어둔 날 넘나들어
가파르게 숨차 올라도
밝은 눈 뜨게 하시고
하얀 마음 채워주소서

흉한 모습 찍히지 않도록
예쁜 사진 찍히게 하소서

주인

어항 속에 갇힌 관상어
양식장에 가두어 놓은 물고기
주인은 때가 오면
병든 것을 골라 버리고
성한 것에는 먹이를 줍니다

먹이와 약을 주시는
말씀이 온 우주에
가득 차 있고 우리는
크신 그물 안에 들어있는
물고기들입니다

주님
저희 나약하오니
자비하신 손길로
병들지 않게 약을 치시고
보살펴주소서

새로운 발견의 날개

은혜의 집

주님 음성 따라가는 길
라일락 향기 가득한
초대받은 꽃 대궐로 갑니다

누가 죄 없다
머리 곧추세울까
시기와 질투 분노
온몸에 묻혀온 죄
성전 밖에 벗어버리고
자비하신 당신 앞에
머리 숙입니다

순한 양되어
세속에서 할퀸인 상처
사랑의 영약으로
치유 받는 날입니다

창조의 거역

　그의 발밑에 정원을 꾸미고 아름다운 수를 놓았다. 응달에 핀 꽃도 양지에 핀 꽃도 마침표가 짧은 것도 긴 것도 수놓은 이의 뜻이다. 정원을 아름답게 꾸미고 아름다워라 행복하여라. 사랑 가득 굽어보셨다.

　그가 자유를 주고 맡겨준 세상은 과학이란 이름으로 위대한 업적을 낳고 문명의 뛰어난 재주는 살기 좋은 세상으로 더 풍요롭게 지배했다. 그것이 치명적 괴물로 다가와 뱉어 버린 독극물이 생명의 숨구멍을 막아버리고 대기에 길이 막혀 햇살도 아웃사이더로 길을 잃었다.

　온 지구를 병들게 하고 최초의 아름다운 수를 찢고 검은 색칠을 했다. 창조자의 능력은 신비스런 공전을 멈추지 않고 인간의 자유를 거두지 않는다.

　자연의 파멸은 인간의 자멸이라 명명하고 두려운 날은 빠르게 다가오고 있다.

　　　　　　　　　　　새로운 발견의 날개

당신을 압니다

초라한 빛바랜 삶
어두운 밤길에서
당신의 눈빛을 만났습니다

이슬처럼 내리는
사랑의 은총이시여
주기만 하는 당신
늘 지켜보고 계신 이
감싸 안아 주신 이

이제는
당신이 누구신지
화안이 알고 있습니다

새롭기를

만적된 내안의 퍼런 이끼
그늘진 구석구석 풀어내
눈부신 햇살에 말끔히 말려
싱그러움 가득 채워
새로 태어나게 하소서

단물로 적시는 봄비 되기를
나그네 편히 쉴 그늘 되기를
들꽃도 잡초도
다 끌어안을 수 있는
따뜻하고 넓은 푸른 가슴이기를

어느 곳에서나 필요한 사람으로
새로 태어나게 하소서

새로운 발견의 날개

당신 이름은 사랑

늘 곁에 있고 싶은 당신입니다
마음속에 따스한 빛으로
뼛속까지 번지는
백합꽃 향기입니다

언제나 지켜보시며
시들어 질 때
물을 주시고
인고(忍苦)의 눈물을
묵묵히 닦아 주십니다

곱게 꾸며주신
포근한 안식처 그곳에
주님의 사랑이
주님의 자비가
늘 함께 하십니다

아름다운 준비

짧은 여행길에
아직도 궁전을 꿈꾸느라
해 저무는 줄 모르고

저 많은 공기 한 줌도
잡히지 않는데
허공에 헛된 손짓
멈출 줄 모르네

영원한 미지의 길 떠날 때
함께 갈 아무도 없어
어둠 밝혀 줄 초롱불
신선한 기름
마련해야 할 순례자들이네

잠시 머무는 이 세상
천상 옷 곱게 만들고
영혼양식 준비하면서

우둔하여

높은 데서 온 빛은
한없이 따뜻한 사랑입니다

육으로
말씀으로 오신 빛
저희 죄 대속하신 주님 사랑
십자가에 매달았습니다

주님
우둔한 저희
세속 유혹에
마음 빼앗기지 않도록
휩쓸려 나가지 않도록
담장 높이 쌓아주소서

당신의 십자가로 지켜주소서

새로운 발견의 날개

돌아다보며

나그넷길에

나로 하여
여린 순하나
꺾이지 않았는지

나로 하여
궂은 날 되어
비를 맞지 않았는지

모두를 위한
뜨거운 사랑
넓은 가슴 되기를

작은 행복

과식은 배탈을 부르고
탐욕은 영과 육을
병들게 합니다

그릇이 차면 찰수록
더 비어가는 마음은
언제나 배가 고프고

클수록 넓을수록
그것을 채워야 하는
온갖 고뇌는
잡동사니로 그득하여
마음을 병들게 합니다

아주 작은 것에서 감사할 때
욕심이 없을 때
남을 배려할 때

새로운 발견의 날개

남을 축복해 줄 때
가족 모두 건강할 때

그것이 모두 기쁨이고
그것이 모두 행복입니다

작은 행복은
욕심 없이 비어 있는
깨끗한 마음이고
늘 감사의 생활입니다

함께 사는 삶

고달픈 삶이
불같이 달구어져도
속으로 삭히며
풀어 놓지 못하는 가슴앓이
주님께 맡기고

맑은 마음 달이고 우려내
나란히 살 냄새 부비며
햇살 같은 얼굴로
향기 번져나는 형제자매들
송글송글 사랑이 맺힙니다

변화되지 못해서

진한 눈물로
당신께 용서받고
갈아입은 하얀 옷
자꾸만 넘어져
궂은 옷이 됩니다

악의 세력과
싸움의 연속입니다

자비의 하느님
자나 깨나 저에게서
눈 떼지 마소서
손 꼭 잡고 함께 하소서

나그네끼리

넓은 세상
모래알같이 많은 사람들 중
이렇게 옷깃을 스치는 인연은
얼마나 소중하고 고마운지

오순도순 풍성한 정
발자국마다
아름다운 꽃 깔아놓고
天上 빛 향하여

우리는 모두 나그네
마지막 종착역까지

새로운 발견의 날개

당신 앞에

제 옷이 너무 더럽고 추해서
당신이 얼마나 선하신지
눈 부시어
바라볼 수 없습니다

백옥처럼 하얗게
빛나시는 당신 앞에

죄 많아
회개 눈물
마를 날이 없나이다

선하신 당신 앞에
언제쯤이나
하얀 드레스 입고
고개 들 수 있으리까

먼지

무한대한 하늘에
무수한 별들
몸체의 크기와 수를
과학란 이름으로
끝날까지 측량한들
한쪽 귀퉁이나
헤아릴 수 있겠습니까

능력자의 작품을
먼지보다 작은
인간의 머리가 어찌
파헤칠 수 있겠습니까
그림이나 그릴 수 있겠습니까

새로운 발견의 날개

하늘과 땅을 주관하시는
당신 앞에
한 치 앞을 보지 못하는 저희
더욱 작아짐을 고백합니다

주님의 역사

누구의 위로도
도움되지 못할 때
죽은 자 일으키시는 주님
저에게도 오셨습니다

성체조배 실에서
심령 다해 감사기도 드릴 때
제 앞에 임하시어
빙긋이 웃어주신 사랑

촛불 밝히고
하느님 만나는 간절한 시간
빨간 장미꽃으로 엮은 띠
초 가운데 화려하게 두르고
황홀했던 놀라운 신비

　　　　　　　　새로운 발견의 날개

수많은 주님의 역사
여러 모습으로 자주
저에게 오시어
지고 가는 버거운 짐
밀어주시고
땀 닦아주신 사랑

주신 주님과
받은 저만 알고 있는
불가사의한 역사
한평생 잊을 수 없습니다

내면세계를 바꾼다

마음속은 아무도 들여다 볼 수 없고 무한한 우주처럼 넓고 자유롭다. 밤낮으로 제지할 수 없는 무성한 생각들 졸이고 볶고 꽃피운 온갖 사연들을 스스로 들추어 상처 덧내기도 하고 빛 들어 맑았던 날은 행복해지기도 하면서 나 속에 너에게 너 속 나에게 후회하고 달래고 흐뭇하면서… 이런 내면의 잡동사니 생각들을 말끔히 몰아낼 수 있는 비결은 오로지 정성된 마음으로 감사기도를 올리는 것이다. 그리고 성서를 읽으며 신선한 수혈을 하는 동안 주님세계가 내면에 자리를 잡는다.

새로운 발견의 날개

4부

어머니 숨결

하늘다리 놓으리니

마음뿐인 애절함으로
차일피일 미루던 발걸음
언제나 그 자리 계실 줄 알았네

늦었어라 후회여라

해 저무는 골짜기에서
이 딸 기다리다 지쳐
사랑 베어낸 자리 가득한 상처
심장마저 다 타버리시고

떠나신 당신의 싸늘한 가슴에는
아직도 주지 못한 따뜻한 사랑
한 아름 부둥켜안고 계셨네

당신 앞에 엎디어
통한의 못 가슴에 촘촘히

홍건히 흐르는 피
붉은 예복 되었어라

불효자 한평생
애통함 뼛속 깊이 사무쳐
피 울음 쌓이고 쌓이면
하늘다리 놓으리니
어머니!
그 길 밟고
꿈속에라도 찾아오소서

폐차

맵시곱던 신형이 우아하게 달려
어느새 구식소리 들으며 생채기 늘어나도
꾀부릴 줄 몰라
내 승용차는 엄살도 할 줄 몰라
내가 앉으면 신나게 달려갔습니다

윤기잃고 닳아진 버커리*
녹슬어 삐걱거릴 때
어머니 신음소리었습니다
해 저물도록 당신께
안식을 드리지 못했습니다

어머니와
비통한 영별하던 그 날
가슴에 대못 박히던 그 날
폐차시키러 산으로 가던 그 날

하느님이 내려주신

맵시 고운 신형 우아하게 타고

가시는 꽃길 따라

天上 아버지 집에 고이가소서

빌고 빌며 피눈물로

산길 흥건히 적셨던 그날

오늘 다시

갇혔던 봇물 터져 나와

옷자락을 축축이 적십니다

＊**버커리** : 늙고 병들고 또는 고생살이로 살이 빠지고
　쭈그러진 늙은 여자

산가山家의 부모님

부모님 좋아하시던 송편 쑥떡 감 트렁크 채우고

고향집 뒷동산 까치소리 참새소리

앞개울 졸졸 시냇물 동행하고

눈물 질금거리는 먹구름 앞장서 가다

멈추어선 암울한 하늘 밑에는

움막집 문 닫고 산가의 부모님 출타 중이시다

마당 쓸고 지붕 쓸고

들여다보니 아직도 침실이 비어있다

물줄기 파동소리 우듬지로 퍼 올리는 소리

머리 밀고나와 햇빛으로 배불리는 것들은

아랫도리 부끄러워 지하에 낙지발처럼 펴고

숨어있다

우람찬 것들 목을 베고 기세당당하던 이들이

여기서도 그것들의 발을 밟고 오르내린다

하기야 무게도 없는 하찮은 무형

그림자 없는 바람 같은 허수아비

붉은 피가 흐르지 않으니

새로운 발견의 날개

꽃들이 곱게 피었으나 감성 없고
사차원의 세계는 또 다른 의미가 존재한다
은빛 물결 찰랑이는 유람선 위에 대화없는
영들의 눈동자 북두칠성처럼 빛나고
해가 없으니 시간가는 줄 몰라
낯익은 목멘 소리에
사다리 오르는 바쁜 숨결 애잔하다
기다린 혈손 마주 제례(祭禮)받으시며
할 말이 많은 산가(山家)의 부모님
눈가에 그렁그렁 이슬 맺혔다
덧난 상처 매정히 산자락에 깔며
발걸음 허둥거릴 때
'조심해라 넘어질라'
아직도 세 살적 자식으로 보시는 부모님
뒤돌아보니 다정히 손 흔들고 계셨다

살아생전

삭아지는 몸의 구조들이지만
부모님은 말없이
햇살만 늘어놓고
가지마다 보듬어
탱탱한 열매 키우느라
녹슨 가로등 되고
삶의 각질이 덕지덕지
뻣뻣한 장작개비 되셨습니다

그만 엄살도 할 만 한데

낡아진 기계

삐거덕 삐거덕
옹이진 마디마디
기름 한 방울 발라 달라

그만 엄살도 할 만 한데

언제나 죄인처럼
몸 다 삭아져 가도
말없이 주기만 한 부모님은
희생의 화신이셨습니다

봄은 오고가도

차곡차곡 감겨진 짙은 애상(哀傷)
이제 그만 훌훌 풀어
흐르는 세월에 실어 보내면
소쩍새 울음소리 애닳지 않으련만

해진 골짜기에
언제까지 머물러 계시렵니까
기별도 없이 그림자도 없이
때 없이 찾아오는 애련(哀戀)
차라리 제 마음 속에
오두막집 하나 지어 드릴까요

밤마다 빈자리 맴도는
아련한 지친 영이시여
질기인 해오라기 난초
낮달로 서성이는 당신
차라리 제 마음 속에

새로운 발견의 날개

따뜻한 솜이불 깔아드릴까요

한생 아낌없이
마음 육신 다 우려내 주신 사랑
끝없이 돌아가는 영사기입니다

어머니 숨결

아린 가슴 멍이 짙어
한 서린 핏빛장미
피고 집니다

열 번 호흡하면
아홉 번 어머니 숨결
어머니 없으면
절뚝이는 장애인

황량한 사막에서
홀로 헤매는
고아가 되었습니다

검은 해는 뜨고 지고
검은 꽃은 피고 지고

산에도 어둠이

숲길 따라 떡갈나무 칡넝쿨
향수를 맡으며
산허리 올라
구슬픈 까치 울음소리 들어요

옛집 감나무 정자삼아
어버이 함께 듣던 까치소리
그때는 밝은 소식 낭랑했건만

가슴에 싸안은 어머니
차마 못 내려 비틀거릴 때
낙엽 밟히는 비명 소리
어머니 음성이었습니다

아물지 않는 파인 상처
당신 보내드리지 못해
오늘도 헤어날 수 없습니다

세월이 가니

하늘이 내려앉아
까맣게 타버린 가슴
평생 망각의 다리는 없을 거라고
소생은 없을 줄 알았습니다

해와 달이
바쁘게 넘나든 세월 속에
상처에 새살 돋아나고
가슴 휘감은 굵은 철사 줄
거미줄처럼 연해지고
깊은 늪에서 나와
고인 상한 핏물이 썰물처럼
서서히 빠져나가
연한 빛으로
지워져 가고 있습니다

담담히 이름만 남을 당신

　　　　　새로운 발견의 날개

그 매정함이 가슴 저며
당신잡고 애절히 불러봅니다

어머니! 어머니!
용서 하세요

허수아비

– 모상母像

낟알 무르익어
누런 물결 출렁이는 들녘
기진하도록 양팔 들고
흐뭇하게 굽어보았지

다 앗아간 텅 빈 들녘
버려진 대로
적막한 그 자리에
해진 옷 펄럭이며
침묵하고 향기 감춘
사랑 짙은 당신이시여

존재마저 빼앗기고
이름만 남은 당신
바람처럼 구름처럼
허공을 헤매이다
가련한 허수아비에
오버랩 된
가엾은 어머니여!

그리움

하얀 달빛 창 틈새로
살며시 찾아와
속마음 엿듣는다

빈자리 비집고 달려드는
애틋한 어머니 향 내음
아련한 불꽃으로 타오르고

달빛 저물도록
애절히 보채어도
반딧불만 유령처럼 맴돌고
도란대던 별빛 짙게 영글어
다정한 손짓 나를 어우른다

그리운 어머니

은은한 당신의 향기
밤마다
빈자리 맴돌고

외로운 그림자
허공에 스러져
찬비 되어
가슴에 내립니다

애절한 그리움
온몸 적셔오고
사랑의 필름
끝없이 돌아갑니다

평설

글쓰기를 통한
치유와 위로

글쓰기를 통한 치유와 위로
– 『새로운 발견의 날개』출간에 즈음한 賀書 –

이성림(문학박사 · 명지대학 교수)

I. 序詞 – 펼쳐보는 歲月의 軸

김종숙 작가는 형언하기 힘든 환경 속에서도 두 아들을 훌륭히 키우는데 헌신을 다 하고 결혼시킨 후 늦었다는 포기를 하지 않고 이미 등단한 작가이면서도 정규 교육의 마지막 코스라 할 수 있는 대학에 입학하여 문예창작학을 전공한 어른이시다. 젊은 대학생들과 한 치도 떨어지지 않으며 향학열을 꽃피우신 분이다. 작가로서 한국문인협회 회원 등 다양한 문학잡지 편집 등의 경력을 지니고 있으시며 지금도 문학의 여러 장르를 섭렵하며 공부를 하면서 다양한 글쓰기를 시도해 많은 성과를 거두고 있으시다. 그것은 비교적 많은 세월을 문학의 언저리에서 문학과 이웃하며 동반된 생활을 해 나오고 있음을 짐작하게 한다.

어쩌면 이번에 출간하시는 시집 『새로운 발견의

날개』에 실린 작품들의 세계관 자체가 문학과 인생의 총체적인 전모를 하나의 두루마리로 펼쳐 보이고 있는 것은 아닌가 싶어 자못 눈길이 가는 대목이기도 하다. 살아오신, 살아 내신 시간의 흐름과 여러 가지 관점을 내면을 지배하고 있는 오롯한 종교의식과 어머니를 중심축으로 하여 펼쳐 보이고 있다.

전체 4부로 나누어 주제적인 측면을 잘 집약시켜 표출시키고 있음을 알 수 있다.

Ⅱ. 세상사에 대한 시각의 吐露

1부 〈내가 바라보는 세상〉에는 총 삼십삼 편의 작품을 상재해 놓고 있다.

세상을 향한 작가의 시각을 보여줌과 동시에 사람 살아가는 세상의 바람직한 모습에 대한 염원도 함께 표출시켜 놓고 있다.

〈삶〉이란 시에서, 자벌레가 한 뜸 한 뜸씩 느린 배밀이로 뜨겁게 달구어진 세상을 헛발 딛지 않으려 안간힘 쓰며 기어가는 모습을 묘사하고 있다. 이렇듯이 우리네 삶이란 것의 속성이 만만치 않다는 것을 작가는 이미 체험으로 感知하고 있다. 결코 저절로 이루어지는 것이 없음을 김종숙 시인은 절절히 느껴오고 있는 것이다. 고통이 수반되지 않는 즐거움은 없는 것이며 노력없이 얻어지는 것은 만고에 하나도 없다는 것을 잘 알고 있다. 삶의 준엄함을 미물인 듯 보이는 자벌레의 느린 기어감에서 터득해 내고 있다. 느리지만 기어가지 않고 멈추면 안 된다. 삶은 이렇게 고달픈 것이다 쉬임없이 밀고 가지 않으면 인생의 낙오자가 되는 것이다. 느린 걸음으로도 목표를 달성할 수 있다는 것에 감추어진 삶의 또 다른 희열이 있는 지도 모르겠다. 가까스로 조심조심 노력하며 살아갈 일임을 넌지시 암시적으로 보여 주고 있다. 마치 작가 자신의 살아온 삶의 발걸음 하나하나가 그러했음을 보여 주는 듯하다.

표현이 매우 시적인 부분이 있어 여기 명기해 둔다. 가령, 〈장마〉라는 작품에서 해가 없이 우중충하게 내리는 장마든 날씨를 묘사한 부분이다. '해가 출타 중이다//……천 갈래 만 갈래/한숨 퍼붓는 눈물비/빈 호주머니 속으로 타고 내린다 ' 에서 해가 출타했다는 의인법의 구사가 신선하다. 가슴속에 수십만 갈래로 음산하게 스며드는 눈물로 퍼붓는 빗줄기 앞에 속수무책의 辛酸스런 삶이 펼쳐지고 있음을 본다. 더욱이 주머니까지 비워져 있지 않은가. 삶의 한 단면이 보여지고 있음을 느끼게 하고 있다. 너나없이 어렵게 살아온 지난날의 고달픔과 비에 젖어 사는 듯한 세상사에 대한 작가의 시각을 장마를 통하여 보여 주고 있다.

이러한 심정의 표현이 〈매미〉라는 미물에게도 적용시켜 보여 주고 있다. '너는 욕심이 없어서/죽어도 행복하다며/노래만 부른다//어디론가 날아가도/빈집은 많다/…….' 라고 노래하며 다시 왔을 때 꿈같은 천국을 만들어 갈 수 있으리라는 기대감을 갖게 하고 있다. 그것은 현재는 장마가 지고 집이 없다고 할지라도 언젠가는 비에 젖지 않고 내 집 지니며 천국 같은 삶을 노래하리라는 희망을 보여주고 있다.

〈담쟁이 넝쿨〉에서도 작가는 희망의 끈을 놓치지 않게 하고 있다. '……//봄이 오면/실 같은 줄기에 다시 피가 돌고/모진 생명의 환희가 올 것이다//버거운 삶 가혹한 엄동을/힘겹게 견디는 이들에게도/봄이 오고 단비가 내릴 것이라고/햇살 같은 마음으로/푸른 엽서를 보낸다.'라고 아무리 세상살이가 힘들고 고달프다 하더라도 반드시 희망이 있다는 것을 암시하고 있다. 세상을 바라보는 작가의 긍정적인 시선에 따스한 온기가 번져나는 듯하다. 죽은 듯 보이지만 실은 더 큰 성장과 발전을 위하여 감내하고 있는 것이다. 그 모진 혹한의 고통과 살가죽이 벗겨지는 듯한 어려움을 극복한 자에게 삶의 환희로움이 오는 것이다.

작가는 어떠한 상황에서도 희망이 있음을 보여주고자 부단히 노력해 오고 있음을 알 수 있다. 〈고아의 역전〉에서 보면 추운 외톨이로 메마른 풀씨 같지만 언젠가는 단비 내리는 사랑의 정원에서 탄탄한 꿈과 열매를 소담지게 피우라는 덕담을 건네고 있다. 이제까지의 서러움과 추위에서 벗어나라고 염원을 發하며 더 이상, 다시는 춥지도 외롭지도 말라고 염원을 보태고 있다. 지금까지는 허허벌판에 서 있었지만 앞으로는 따스한 가족의 울타리 안에서 더운 삶을 살아 갈 수 있으리라고 기도해 주고 있는 모성애를 발휘하고 있음을 느낄 수 있게 한다. 애정 어린 격려가 눈시울 젖게 만든다.

또한 작가는 사회적인 병리현상에 대하여도 예리한 칼날을 들이대듯 분석적으로 작품을 구현해 내고 있다. 〈고 3〉〈두 장애인〉〈신도림역 1 · 2호선 풍경〉에 보면 요즈음의 불합리한 면모를 여지없이 잘 보여 주고 있다.

〈두 장애인〉에서는 진정한 장애인이란 누구인가라고 묻고 있다. ' 전철 역 광장에 가끔 보이는 짐승도 아닌 검은 물체가 거북이처럼 바닥을 기고 있다/……온전한 육신이 큰 축복인 줄 모르고 성형수술로 얼굴을 깎아 내고 덧붙인 비정상 장애인이 가랑잎 같은 메마른 마음으로 장애인을 매정히 스치고 지나간다.'라고 하여 산문시 형태로 하나의 포착된 장면을 잘 잡아서 주제의식을 성공적으로 형상화하고 있다. 요즈음 성형의 열풍으로 참인간의 모습을 잃어버린 획일화된 삶을 살아가고 있는 철학 없는 모조인간을 질타하고 있다. 성형수술이 어디 한두 푼으로 되는 것인가, 그럴 돈이 있으면 진짜 장애인의 동냥 바구니를 좀 채워줄 일이다. 살가죽으로 맨땅을 기고 있는 장애인은 외면하면서 자신의 살 깎아내리는 성형수술에는 거금을 쓰고 있는 이 시대의 세태를 꾸짖고 있는 것이다. 이 시를 읽노라면 가슴 뜨끔하리라. 무엇이 진정한 사람의 마음인가를 묻고 있다. 오고가는 수많은 인파의 매정함을 성형인물이란 가슴 없는 현대인의 산물에 빗대어 喝破하고 있음에 속 시원하다 하겠다.

역시 산문시 형태로 만들어진 〈신도림역 1·2호선 풍경〉에서도 지하철 안의 모습을 '생지옥 같은 죄인들의 수송열차'같다. 라고 묘사하고 있다. 지옥철이라고 부르는 지하철 안의 지옥같은 풍광을 비교적 길게 사설조로 풀어 놓고 있다. 특히 환승인구가 많아 복잡한 신도림역의 모습에서 현대인들의 고단하고 칼날처럼 날 선 대화나 삶의 실체를 극명한 사설로 풀어 놓고 있다. 마지막 부분에 보면, '……옆구리에 여러 개의 항문이 있어서 배가 터질 듯 팽창하면 멈추어 배설을 하고 다시 게걸스레 배를 채우고 큰 트림을 하고 괴이한 소리를 질러대며 구불구불 사라진다 저 큰 능구렁이의 밥이 되어 보지 못한 사람들은 문명시대를 살아보지 못한 배고팠던 옛 조상들이다 그때가 자연과 함께 걸으며 정과 평화가 넘치는 때묻지 않은 천국이 아니었을까' 라고 지하철의 생리를 관찰자의 시선으로 실감나게 풀어 놓는 입담도 대단하다 하겠다. 아무리 현대 문명의 이기가 편리하다고 하여도 인간미가 전혀 없는 지하철 시대보다는 느리지만 자연의 섭리대로 살아가는 지난 시대의 삶을 그리워하고 있다. 인위적인 것을 거부하는 것이다.

이렇게 모두가 힘들어 하는 면모를 〈고 3〉에서도 폭로하는 형식으로 쓰고 있다. 자정 넘어 들어오는 고 3 수험생을 바라보는 현대의 병리현상을 여지없이 노출시키면서 모두가 힘들어하고 있는 세상을 慨歎하고 있다. '수렁에 빠져 향기를 잃고 수양버들처럼 축 늘어져 밤 12시, 자정이 넘어서야 들어오는 수험생, 거기에 부모들까지도 같이 재수를 하면서 혹독한 경주를 치루고 있다' 고 현실을 꼬집어 통탄하듯이 써 내고 있음을 본다.

작가가 바라는 인생살이는 과연 어떤 모습일까. 작품 〈인생은 요리하는 것〉에 그 속내를 보이고 있다. 김종숙 시인의 인생을 바라보는 어우러짐의 미학을 엿볼 수 있는 대목이기도 하다. 2연에서 노래하고 있는 작가의 인생관을 살펴보면, '……인생도 요리하는 것이다/모지락스럽지 않게 겸허하게/신뢰와 사랑으로 융숭 깊게/반죽을 잘하는 달인이 되어야/인생의 아름다운 꽃을 피운다/인생이 영롱하게 빛나는 것이다 ' 라고 하여 오랜 인내 끝에 피워 올린 한 송이 연꽃처럼 영롱하게 빛나는 인생의 깊은 맛에 대하여 노래하고 있다. 다양한 인생의 양념들이 어우러져 조화를 이룬 깊은 맛이 바로 아름다운 인생이라 노래하고 있다.

덧붙여 아쉬움과 가슴 저려오는 통증을 토로한 대목이 〈사라진 고향〉 〈발자취〉 〈돌계단〉 등에서 섬세한 관찰력으로 표현되고 있다.

인적 없는 푸르른 산에도 빈부 격차가 있음을 바라보는 아쉬움을 吐露하는 〈발자취〉의 한 대목을 보기로 하자.

'……//넓은 앞마당에 푸른 잔디 깔고/담장에 둘러선 다듬어진 정원수/대리석 문패 달고/큰 호령소리 산자락 울린다//후미진 응달에는/잡초 덮인 초라한 움막집/앞마당도 문패도 없이/추웠던 생의 흔적 따라와/초라한 신음소리 들린다//…… '

요즈음 있는 자들이 자연을 파헤쳐 대리석으로 만든 문패 내걸고 시위하듯 높다란 담장 치고 사는 졸부들의 모습에 비추어 원주민격인 본래 살던 사람들이 초라한 움막집과 대비되어 더없이 쓸쓸하고 서글픈 모습을 지적하고 있어 민망하기만 하다.

단순한 듯, 무표정한 듯 보이는 광물질인 돌로 만든 계단을 바라보면서도 애처로운 마음을 따뜻하게 표현해 내고 있다. 수없는 쇠굽에 찍히고 깨물리는 눈물고인 상처와 고통의 연장선에 있는 돌계단이 애처로워 보인다는 것이다. 피멍든 하루가 저물어서야 어깨 펴고 다리 쭉 뻗어 보는 소외된 늙은 계단의 수고로움을 읽어 내고 있다. 마치 도회의 뒷골목에서 이리 채이고 저리 부대끼며 하루를 연명하듯 살아가고 있는 하루살이 인생 같은 삶의 表象이 바로 〈돌계단〉이라 노래하고 있다.

〈사라진 고향〉에서는 다정다감했던 옛 어른들이 거의 하늘로 떠나고 낯선 혈손들이 마을을 떠나 서울로 가버리고 남은 잔여 세대가 영 낯 설기만 하다고 한다. 아울러 평화롭던 고향마을이 개발이란 회칼에 휘둘리고 있는 현상에 대한 안타까움을 지적하고 있다.

진정 올바른 개발인지, 보존인지를 생각해 보게 하는 대목이다. 이처럼 〈내가 바라보는 세상〉에서는 요즈음 세태에 대한 날카로운 지적과 삶을 향한 洞察을 다양한 소재와 多技한 문학 장르로 승화시키고 있다.

Ⅲ. 辛酸스러운 삶의 自畵像

2부 〈내 삶의 흔적〉에는 총 이십사 편의 작품을 상재해 놓고 있다.

온 몸으로 안고 짊어지고 온 삶의 무게가 거센 물살에 깎이고 파여서 짐이 좀 덜어 졌는지를 묻고 있다. 씌워진 멍에와 굴레를 진구렁으로 끌고 다닌 덫의 세월이 더덕더덕 더께 앉아 내리고 있음을 본다.

김종숙 여사는 이미 등단하신 지 오래된 시인이다. 그럼에도 불구하고 〈나는 설익은 시인〉이라는 시에서, '……//겉자락만 붙들고 어설픈 하모니/살금살금 음치가 노래했다//심상에 화려한 꽃밭 꾸미고/자연의 숨소리 들릴 때까지/바람의 고향 찾아 가는 중이다' 라고 하여 자신은 아직 어설픈 음치요, 찾아 가고 있는 路程에 있음을 겸손되이 吐露하고 있다. 시적인 자화상이라 말할 수 있다.

또한 결혼생활에 대하여 얼마나 고달프고 辛酸스러웠는지를, 〈환상〉이란 작품에서, '……//꿈에서 깨어보니/풍랑에 찢긴 닻/외로이 떠내려가는/뒤뚱이는 초라한 쪽배/……' 로 끝내는 풍랑에 부서진 신세로 전락하고 말았음을 묘하게 잘 그려 내고 있어서 작가의 삶을 다소 짐작하게 하고 있다. 아름다운 바다에 대한 그리움은 뒤뚱거리는 쪽배 신세로 순풍부는 시절은 없었던 것 같다고 示唆하고 있다. 황홀한 출항이었지만 풍랑에 뒤움박질한 삶의 고달픔을 간접적으로 보여 주고 있다. 이제는 이러한 삶도 소중한 추억과 회상으로 간직해 두고 표현할 수 있을 정도로 걸러졌음을 알 수 있는 대목이다.

그래서 비울 수 밖에 없었는지, 〈비움〉이란 삶의 철학을 보여주고 있다. '……//아!/이제야 찾았네/내 마음 속 보물 상자/열어보니/'비움 '이라 쓴 두 글자//하늘을 날아도 가벼울/나비 날개 같은 금빛이여/명주실 같은 가뿐함이여/문을 열어 놓아도/도둑맞지 않을/찬란하고 값진 보물 상자/내 마음속에 들어 있었네' 라고 가볍게 노래하고 있다. 한결 가벼워진 인생철학에 시를 읽는 독자들도 오랜만에 조금은 편안한 마음으로 작가의 마음에 닿을 수 있으리라고 사료한다.

이쯤에서 자전적인 장면 하나를 맞닥뜨리게 된다. 앞서 환상이었고 풍랑에 깨어진 쪽박을 타고 살아 내야했던 고통을 감내하게 된 〈허공에 꽃피운 남자〉를 만나게 된다.

'햇살 같은 처자/가시밭에 묶어 놓고/슬며시 빠져 나간 물살//……그렇게 자신을 파괴시키고/하늘 길 상여 탄 남자' 다. 虛誕하기 그지없다. 헛발 딛고 세월 허비하며 참담하게 꺾여진 날개를 바라보는 심정이 悲嘆스럽건만 이제는 삭히고 삭혀 문드러진 애간장을 도려내고 悽然히 바라보며 객관화시켜 써내고 있다. 이렇게 해야만 招魂의 의식으로 보내드리는 祭儀的 행위임을 아는 자는 짐작하리라 생각한다. 이젠 상여 길 타고 갔으니 더 이상 수렁에 빠져 쓴 잔 들이키지는 않으리라는 멀고 먼, 휘돌아온 심정을 풀어내고 있는 작가의 성숙한 의식에 고개 숙여진다. 쉽게 쓰여진 시가 아님을 느끼게 된 이 순간, 숙연해진다.

이제 다부지게 살아내야만 하는 命題 앞에서 작가는 마침내 〈절벽을 넘어〉〈지각 인생〉〈이유 때문에〉 작품에서 너무도 克明하게 드러나고 있다.

'……//어느새 울타리로 둘러싸 바람막이 된 혈손/훼손된 삶의 상처 새살 돋아 뿌리 내렸다//통통 튀는 어깨들과 나란히/강의실 한 자리 차지하고 앉아/묻어둔 감성의 소중한 시어/햇살 작은 포대에 주워 담으며/이랑마다 색색이 꽃 피우려/녹슨 머리 나

긋나긋 통풍시키는 봄날/분명 죽은 자의 축복된 환생이었다 '

〈절벽을 넘어〉의 3연과 4연이다. 3연의 글을 통하여 살아온 세월이 얼마나 힘들고 가시밭 같은 荊棘을 건너왔는지 가늠하기엔 너무나도 고통스러운 대목이라 하지 않을 수 없다. 그렇게 어렵사리 기른 아이들이 이제는 잘 자라서 오히려 어머니인 김 시인에게는 무엇보다도 든든한 바람막이가 되어주는 든든한 울타리가 되어 주고 있는 것이다. 그뿐만 아니라 대학에 진학하여 늘 소망하고 있던 문학의 감수성을 젊은이들과 함께 나란히 어깨를 겨루며 아롱아롱 새기며 꽃을 피우니, '죽은 자의 축복된 환생'이라고 하면서 삶을 즐기고 있다. 참으로 다행스럽지 않은가 싶다. 이러한 면모가 〈이유 때문에〉에서도 잘 드러나고 있다. '……//여린 햇순 끌어안고/처절한 절규 하늘로 올랐네//저 불가마를 지나야 해/등대처럼 길 밝혀/위성처럼 솟아오를/금빛 날개 달아 주려//폭우가 멎으면/태양이 비추고/햇순이 무럭무럭/자라날 거야' 라는 시를 통하여 김 시인이 살아온 艱難의 세월을 想起해 본다. 그렇다. 그렇게 살아 냈던 것이다 결연한 의지가 뜨거운 용광로처럼 펄펄 살아 끓는 듯하다.

그리하여 〈지각인생〉에서는, '……//밤을 대낮처럼 지새우며/맛있는 리포트를 쓰는/다부진 지각인생' 이라고 하였다. 리포트 쓰는 일이 맛있다는 뛰어난 수사적 표현을 하고 있어서 엷은 미소를 짓게 만든다. 많은 것을 이루셨다고 하지 않을 수 없다.

마지막으로 〈용서〉의 마음으로 세워진 날을 다스리며 평온히 잠 이루는 작가의 모습을 보게 되면서 독자도 平靜의 마음으로 돌아 갈 수 있어서 행복하고 다행하다는 생각을 갖게 한다. '……//그대를 용서한 마음이 보약되어/따뜻한 온기 온몸 돌아/포근한 밤잠 이루었네' 에서 비로소 다 내려놓고 다 용서하고 편안히 잠들 수 있는 작가의 마음에 우리도 닻을 내리게 되었다. 安堵의 심정이 든다. 이제는 다 내려놓는 放下着임을 알 수 있다.

이처럼 작가의 辛酸스러운 삶의 과정이 풀어지고 解毒되는 과정을 우리는 2부에서 면밀하게 지켜볼 수 있었다. 참으로 다행한 심정임을 감출 수 없다.

Ⅳ. 信仰 안에서의 감사

3부 〈하느님 앞에〉는 총 열아홉 편의 작품을 상재해 놓고 있다.

죄인이고 싶지 않다는 김 시인의 참회어린 절규와 살아온 세월의 무게를 오히려 감사하는 신앙인의 자세를 여지없이 뚜렷하게 잘 보여 주고 있다.

전지전능하고 흠결 없으신 주님 앞에 나서는 어린 아이와 같은 마음으로 죄를 덮어주시라는 간청을, 〈겉옷만 입고〉에서 잘 드러내 보이고 있다. 입으로만 외치는 속 찌든 죄인의 모습이 아니라 참 신앙인으로 거듭 태어나고 싶은 갈망을 표출하고 있다.

'……//저의 죄를 덮어 주시고/용기를 주소서//그리하시면/생기 잃지 않고/또 닦고 씻어/말갛게 되리이다'

아무런 흠이 없으신 하느님의 바다에 씻어 헹궈져 다시 태어나고 싶어 하는 참회와 염원을 간절히 發願하고 있음에 숙연하지 않을 수 없게 만드는 묘한 끌림이 있다.

〈주인〉에서도, '……//주님/악의 병마가 기웃거립니다/저희 나약하오니/자비하신 손길로/병들지 않게 약을 치시고/보살펴주소서' 라고 하느님을 향한 구원의 손길을 간절히 바라고 있다.

이 세상은 천지가 병마로 들끓고 있음을 작가는 살아온 세월을 통하여 잘 알고 있다. 그래서 자비하신 주님의 손길로 붙들어 주시고 병마를 물리칠 수 있도록 약을 뿌려달라고 기원하는 마음을 보여 주고 있다. 치유의 손길을 원하고 있음이다.

〈감시 카메라〉에서는 지극히 현대적인 감각을 노출시키고 있다. 요즈음 사람들은 너나 할 것 없이 모두 노출된 상태에서 살아가고 있다. 어느 누구도 감시 카메라 망을 벗어날 수 없게 되어 있는 구조이다.

'……//인간이 만든 감시 카메라에/노출되는 것은 두려워하면서/무량세계를 다스리는 빛/마음까지 꿰뚫어 보시는/능력의 감시 카메라에/노출되어 있는 것은/두려워하지 않는/우둔한 저희들입니다//……//밝은 눈 뜨게 하시고/하얀 마음 채워 주소서/흉한 모습 찍히지 않도록/예쁜 사진 찍히게 하소서'

인간이 만든 감시 카메라를 빗대어 속속들이 꿰뚫어보고 계시는 하느님 앞에 아름다운 삶을 살아가게 해 달라는 작가의 마음이 와 닿는다. 문학의 속성

중에 고발적 기능을 솜씨 좋게 잘 활용하고 있다.

〈변화되지 못해서〉에서도 악의 세력이 자꾸 파고들어 싸움의 연속으로 이어진다고 하면서 미약한 영혼의 손을 잡아 주시라고 간구하고 있다. 자나 깨나 눈 떼지 말고 손 꼭 잡고 함께 해달라는 기원과 매달림의 마음을 보여주고 있다.

이제는 주님과 함께하는 생활, 주 안에서의 평화를 누리고 싶어 하는 작가의 마음이 〈새롭기를〉〈내면세계를 바꾼다〉〈아름다운 준비〉〈작은 행복〉에서 지극히 안정적인 자세로 드러나고 있다. 그것은 시 문장에서, '주님 세계가 내면에 자리 잡는다, 싱그러움 가득 채워 새로 태어나게 하소서, 욕심 없이 비어 있는 깨끗한 마음이고 늘 감사의 생활입니다' 등으로 표출되고 있다.

그리하여 마지막 가는 길인 〈아름다운 준비〉에서, '……//잠시 머무는 이 세상/천상 옷 곱게 만들고/ 영혼 양식 준비하면서/아름답고 빛나게/서로 손 꼭 잡고/다정히 걸어가요' 라고 한결 차분하고 신앙적인 자세로 갈무리하고 있다.

'우리 모두 나그네인데 마지막 종착역까지 서로 사랑하면서 가쁜가쁜 걸어가요.' 라는 소박함과 다정함으로 매듭을 짓고 있다.

감사와 기도의 생활, 신앙 안에서의 기쁨이 충만되고 있음을 특히 3부에서는 많이 散見되고 있어 온갖 폭풍우 다 넘기고 주님 동산에 安着하였음을 느끼게 하고 있다.

V. 사무친 思母曲 표출

4부 〈어머니 숨결〉에는 총 열한 편의 작품을 상재해 놓고 있다.

어머니 앞에 서면 우리 모두는 죄인이다. 아버지 사랑도 어머니 못지않건만 유독 어머니라는 이름에서는 무너져 내리는 것이 人之常情이다. 이제는 가슴에 묻은 어머니를 꿈속에서라도 한번 보고 싶은 간절함을 녹여내고 있다. 글 쓰는 작가치고 어머니를 목 메이게 부르는 思母曲 한번 쓰지 않은 사람은 없으리라고 본다.

〈하늘다리 놓으시니〉 〈그리운 어머니〉 〈폐차〉 〈어머니 숨결〉 〈세월이 가니〉 〈모상〉 등의 작품에서 가슴 에이는 어머니를 향한 그리움을 풀어 놓고 있다.

'······//당신 앞에 엎디어/통한의 못 가슴에 촘촘히 /흥건히 흐르는 피/붉은 예복 되었어라//불효자한 평생/애통함 뼛속 깊이 사무쳐/피울음 쌓이고 쌓이면/하늘다리 놓으리니/어머니!/그 길 밟고/꿈속에서라도 찾아오소서.' 라고 하여 하늘에 계신 어머니를 한 번이라도 보고 싶어하는 간절한 마음을 작품으로 승화시키고 있다. 언제나 그 자리에 계실 줄 알았던 어머니는 이제 이 세상에 안 계시다는 자각 앞에 뒤늦은 후회스런 마음을 새겨놓고 있다.

〈폐차〉에서는 윤기 잃고 녹슬어 삐걱거리는 폐자동차에 어머니를 비유함으로써 수사적으로 훌륭하게 묘사하고 있다. '······//비통한 영별/폐차시키러 산으로 가던 그 날/가슴 새카맣게 타 숯덩이 되던 날//······' 라고 정황을 기억해 내고 있다. 이제는 우아한 신형 자동차 타시고 꽃길 따라 영혼의 아버지 집에서 고요히 안식 취하시라는 김종숙 시인 따님의 絶叫를 들으시라고 懇求하고픈 마음이다.

어머니를 향한 용서의 피울음을 〈세월이 가니〉에서는, '어머니 하늘나라 가시던 날/까맣게 타버린 가슴/평생 망각의 다리는 없을 거라고/소생은 없을 줄 알았습니다//······' 라 하면서 ' 어머니! 어머니!

용서하세요.' 라 거듭 통곡하듯 하고 있다. 잊을 길 없는 어머니와의 永訣앞에 지은 죄만 드러날 뿐임을 자각하게 하고 있다.

〈산가의 부모님〉〈살아생전〉〈산에도 어둠이〉에서는 부모님을 향한 그리움과 痛恨의 세월에 대한 사무친 마음을 잘 표현하고 있다.

모진 세파 이겨내고 지켜 온 血孫의 祭酒 받으시는 부모님 산소 참배를 실감나게 그린 작품이 바로 〈산가의 어머니〉이다.

'……기다린 혈손 마주 祭禮 받으시며/할 말이 많은 山家의 부모님/눈가에 그렁그렁 이슬 맺혔다/덧난 상처 매정히 산자락에 깔며/발걸음 허둥거릴 때/'조심해라 넘어질라'/아직도 세 살적 자식으로 보시는 부모님/뒤돌아보니 다정히 손 흔들고 계셨다'

이렇게 부모님은 산에 계시나 집에 계시나 오로지 자손의 安慰만을 염려하시는 분이시다. 특히 김 시인에게 있어서 이 자손들은 얼마나 기막힌 존재들이며, 血孫인가. 아들 앞세워 부모님 산소 참배하는 절절한 심정을 감히 짐작이나 할 것인가. 그러나 시인의 마음에는 여전히 세 살 어린 애기로 보시는 부모님의 사랑을 온몸으로 體得하고 있어 애잔하게 하고 있다.

또한 김 시인은 〈살아생전〉에서 부모님 앞에 자신은, '……//언제나 죄인처럼/몸 다 삭아져가도/말없이 주기만 한 부모님은/희생의 화신이셨습니다'라고 부모님 희생을 다시 되새기고 있다.

마지막으로 〈그리운 어머니〉를 보면 얼마나 사무치는지 구구절절 보여 주고 있다.

'은은한 당신의 향기/밤마다/빈 자리 맴돌고//외로운 그림자/허공에 스러져/찬비 되어/가슴에 내립니다//애절한 그리움/온몸 적셔오고/사랑의 필름/끝없이 돌아갑니다'

가슴에 싸안은 어머니의 비명 소리를 아직도 귀에 쟁쟁한 듯, 아물지 않은 상처로 어머니를 보내드리지 못하는 안타까움의 絶體絶命을 녹여내고 있는 사모곡인 것이다.

Ⅵ. 結詞 – 감사와 至純한 삶을

김종숙 시인은 여리며 순한 들꽃 닮은 삶을 살아가고 싶어 합니다. 참으로 高雅하고 깊은 신앙인의 자세를 堅持하고있는 분입니다.

기도로 하루를 시작하고 기도로 하루를 문 닫는 분이십니다. 그분의 기도 속에는 당신의 혈손이신 아드님을 중심으로 하고 있습니다. 어느 분이라도 가족은 소중할 것입니다. 그러나 김 시인의 작품을 통하여 이만큼 가족의 무게감이 하늘과 같이 여겨질 수 있을까 싶을 정도로 생명에 버금간다 하겠습니다.

깊은 성찰의 신앙 안에서 분명, 앞으로의 삶은 많은 것을 성취해 내실 것이라 思料됩니다. 그것은 유난스럽지 않은 종교인의 모습에서 신뢰감을 갖게 합니다.

어머니를 그리워하는 절절한 심정과 함께 살아오신 艱苦의 세월이 行間마다 묻혀 있습니다. 자연과 사람과 生에 대한 전반적 궁휼이 하느님 앞에 어여쁘게 펼쳐집니다.

글은 바로 그 사람이라고 하였습니다. 가슴 속에 형성된 정서의 표출이 그대로 드러나고 있는 言表입니다. 잔잔하고 촉촉하게 젖어들게 하는 면이 김 시인의 최대 장점이라 하겠습니다. 그것은 그분의 진솔한 감성이 밑그림으로 塗色되고 있기 때문입니다.

글과 생활이 유리되지 않는 따뜻하고 섬세한 관찰력이 김 시인의 평소 철학을 잘 뒷받침해 주고 있는 『새로운 발견의 날개』 출간에 부족한 저의 所任을 마칩니다.

더욱 康健·健筆하실 것을 祝願드리며 賀書를 얹는 마음이 풍요롭고 은혜로운 작업이었습니다. 후속작을 기대합니다.